The Three Billy Goats Gruff

Los Tres Chivitos

Bilingual
Fairy Tales
ENGLISH | SPANISH

retold by Carol Ottolenghi
illustrated by Joshua Janes

Educational Media

Library of Congress PCN Data
The Three Billy Goats Gruff / Los Tres Chivitos
ISBN 978-1-64156-997-2 (hard cover) (alk. paper)
ISBN 978-1-64369-014-8 (soft cover)
ISBN 978-1-64369-161-9 (e-Book)
Library of Congress Control Number: 2018955780
Printed in the United States of America

Once upon a time, there were three billy goats named Gruff. There was Little Billy Goat Gruff. There was Middle Billy Goat Gruff. And there was Big Billy Goat Gruff.

Hace mucho tiempo, había tres chivos de apellido Gruff. Uno era pequeño, Chivito Gruff. Otro era mediano, Chivo Gruff. Y el otro era grande, Chivote Gruff.

The Billy Goats Gruff lived in a big, grassy meadow. A stream cut through the meadow, and a bridge crossed over the stream. In the stream, under the bridge, lived…

Los chivos Gruff vivían en una pradera grande y cubierta de hierba. Un riachuelo corría por la pradera y un puente atravesaba el riachuelo. En el riachuelo, debajo del puente, vivía…

...A TROLL!

He was a snarling, sneaky, big bad bully of
a troll. And when anyone wanted
to cross the bridge, he would
ram them with his club. Then,
he would eat them up.

...¡UN TROL!

Era un trol grande, malo,
gruñón, solapado y matón.
Y cuando alguien quería
cruzar el puente, él los
embestía con su palo y
luego, se los comía.

This was a problem for the Billy Goats Gruff.
Their side of the meadow had lovely green grass.
But there was even greener grass on the other
side of the bridge.

So, the three Billy Goats Gruff came up with a
plan. Then, they sent the littlest goat across the bridge.

Esto era un problema para los chivos Gruff. La hierba en su
pradera era verde y hermosa, pero era aún más verde al otro
lado del puente.

Por eso los tres chivos Gruff se inventaron un plan.
Entonces, enviaron a Chivito Gruff, el más pequeño, a que
cruzara el puente.

Little Billy Goat Gruff's hooves tip-tapped softly on the bridge.

The troll roared and waved his club. "How dare you tip-tap across my bridge?" he hollered. "I am going to eat you!"

"Don't be silly," said Little Billy Goat Gruff. "I'm a very little goat, not much of a meal for a big troll like you. There's a much bigger goat coming behind me."

De puntillas en sus pezuñas y muy suavemente, Chivito Gruff empezó a cruzar el puente.

El trol rugió y agitó su garrote. —¿Cómo te atreves a cruzar de puntillas por mi puente? —le gritó—.
¡Voy a comerte!

—No seas tonto —le dijo Chivito Gruff—. Yo soy un chivito muy pequeño, muy poca comida para un trol tan grande como tú. Un chivo mucho más grande viene detrás de mí.

"Humph," said the troll. "Maybe I'll wait for the bigger goat."

The troll hid under the bridge to wait, and Little Billy Goat Gruff ran into the meadow.

—¡Ajá! —dijo el trol—.
Quizá sea mejor esperar al
chivo más grande.

El trol se escondió debajo del puente a esperar,
y Chivito Gruff se fue corriendo a la pradera.

"Our plan is working," Middle Billy Goat Gruff said to Big Billy Goat Gruff. "It's my turn."

He started to cross the bridge. His hooves clip-clopped sharply on the wood.

—Nuestro plan está dando resultado —le dijo Chivo Gruff a Chivote Gruff—. Es mi turno.

Chivo Gruff empezó a cruzar el puente. Sus pezuñas golpeaban con fuerza la madera.

The troll roared and waved his club. "How dare you clip-clop across my bridge?" he hollered. "I am…"

"Quit being a bully!" Middle Billy Goat Gruff told him. "This is not your bridge. And I am not much of a meal for a troll like you. There is a much larger goat coming soon."

El trol rugió y agitó su garrote. —¿Cómo te atreves a cruzar trotando por mi puente? —le gritó—. Voy a...

—¡Deja de ser matón! —le dijo Chivo Gruff—. Éste no es tu puente, y yo soy muy poca comida para un trol como tú. Un chivo mucho más grande viene detrás de mí.

"I am not a bully!" said the troll.

"Are you stronger than me?" demanded Middle Billy Goat Gruff. "And are you picking on me?"

"Humph," grumbled the troll. "I'm going to wait for the bigger goat."

—¡No soy un matón! —dijo el trol.

—¿No eres más fuerte que yo?
—replicó Chivo Gruff—. ¿Y no me estás intimidando?

—¡Eh! —rezongó el trol—. Voy a esperar al chivo más grande.

Now, it's my turn, Big Billy Goat Gruff thought to himself.

His wide feet pounded across the bridge.

Stomp! Stomp! Stomp!

"Se llegó mi turno", pensó Chivote Gruff.

Sus fuertes pisadas retumbaban al cruzar el puente.

¡Clonc! ¡Clonc! ¡Clonc! ¡Clonc!

Stomp! Stomp! Stomp! Stomp!

"I wonder what that bully of a troll will do now," Big Billy Goat Gruff said to himself. He stomped his feet a little louder. "Maybe he will leave me alone."

—¿Qué pensará hacer ese trol matón ahora? —se preguntó a sí mismo el Chivote Gruff y empezó a pisar con más fuerza—. A lo mejor me deja en paz.

But there was a roar from under the bridge. "Who's that stomping across my bridge?" bellowed the troll. He was now very cranky and very hungry.

Pero se oyó un rugido debajo del puente. —¿Quién está cruzando mi puente con tanto estruendo? —bramó el trol. Ya estaba muy irritado y tenía mucha hambre.

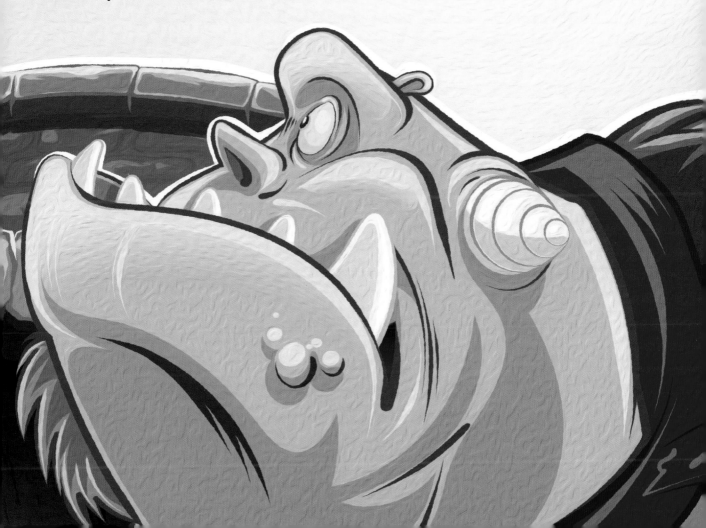

"I am Big Billy Goat Gruff," said the goat.
"And I want to cross this bridge."

—Soy Chivote Gruff —replicó el chivo—.
Y quiero cruzar este puente.

"I am Troll," said the grumpy old troll. "And I want to eat you up!"

—Yo soy Trol —dijo gruñendo el viejo trol—. ¡Y yo quiero comerte!

Big Billy Goat Gruff snorted and waved his horns as he charged the troll. The troll growled and howled as he charged the big goat. They slammed into each other with an awful crash!

Chivote Gruff resopló y agitó sus cuernos al tiempo que embestía al trol. El trol rugió y resopló al tiempo que arremetía contra el gran chivo. ¡Los dos se estrellaron, el uno contra el otro, en un tremendo choque!

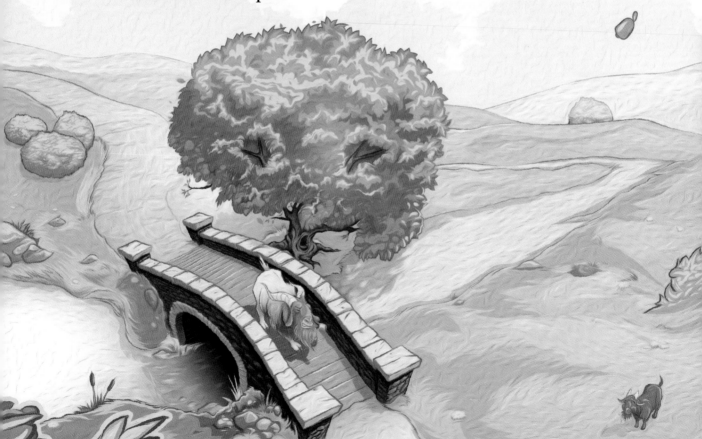

And the troll who lived under the bridge never bullied anyone again.

Y el trol que vivía debajo del puente nunca más atemorizó a nadie.